Federfang

Federfang

Satire- und Erzählgedichte

von Brigitte Plath

Brigitte Plath, "Federfang"
© Brigitte Plath
Alle Rechte vorbehalten

Rechte für diese Ausgabe:
MA-Verlag, Stelle-Wittenwurth
ma-verlag@gmx.de
2. Auflage 2016

Satz, Layout und Umschlaggestaltung:
MA-Verlag
Bildnachweis © MA-Verlag

ISBN 978-3-925718-36-6

Manche Träume sind wichtiger
als die Wirklichkeit.
(Kwai Chang Caine)

Inhalt

Satiregedichte

Blutwurstfrieden

"Können die nicht Frieden halten?",
sagt Herr Schulz zum Zeitungsrand
und versucht sein Ei zu spalten
mit dem Messer in der Hand.

"Überall nur Blutvergießen,
als ob's nicht auch anders geht",
schnaubt er, halb schon beim Genießen
seiner Milch, die vor ihm steht.

"Auch mal zuhör'n, nicht nur reden",
meint er und bestreicht sein Brot
mit der leck'ren Wurst aus Schweden,
im Naturdarm, dunkelrot.

"Ob die Rechten, ob die Linken,
keiner hat soviel Verstand
und schaut", Schulz greift nach dem Schinken,
"über seinen Tellerrand.

Und statt dessen ist das Morden,
kaltblütig, wie nebenbei,
heut' schon ganz normal geworden",
Schulze nimmt sich noch ein Ei –

und erschrickt, denn in dem Weißen
ist ein kleines Klümpchen Blut,
er steht auf, es wegzuschmeißen:
"Scheiße, das ist nicht mehr gut!

Sachen gibt's! - Wo war ich eben?
Urps!", er streicht sich seinen Bauch,
"ohne Blutvergießen leben
ist doch leicht - ich kann's ja auch!"

Deutschland um halb zehn

Ich säuber' hier die Beete
rund um das Siedlungshaus,
wenn ich's nicht immer täte,
säh's bald verwahrlost aus,

schneid' auch den Rasen kurz
und schimpfe mit den Gören,
denn denen ist es schnurz,
wenn sie das Grün zerstören.

Ich halt' die Bürgersteige
tiptop durch Kehr'n und Harken
und erstatt' Strafanzeige,
wenn Leute hier falsch parken.

Ich leg' im Treppenhaus
auf allen Zwischenfluren
weiße Papiere aus
und sicher' so die Spuren

der schlimmsten Schmutzigtreter,
die hänge ich dann fett
- Uhrzeit, Beweis und Täter -
ans Hausmitteilungsbrett.

Heut' früh kommt ein Zigeuner
an meine Wohnungstür,
ein Schulschwänzer und Streuner,
das hab' ich im Gespür,

will meine Scheren schleifen,
da hab' ich mir gedacht,
dich lehr' ich zu begreifen,
wie man hier Ordnung macht.

Hab' ihn gleich am Schlafittchen
zur Kellertür gezerrt,
den Strolch, bleich wie Schneewittchen,
da unten eingesperrt,

meine Briketts zu zählen,
präzise und genau,
und sollte eines fehlen,
dann gibt's die Hucke blau.

Statt bloß Musik zu machen,
lustig herumzuzieh'n,
unsereins auszulachen,
vor'm Arbeiten zu flieh'n,

soll er sein Mütchen kühlen
am Kohlen-Einmaleins,
die Stückzahl sich erfühlen,
denn Licht gibt's unten keins.

Nach vierundzwanzig Stunden
hab' ich mal nachgeschaut
und ihn erst nicht gefunden,
den Kerl, so eingesaut,

verrotzt und vollgeschissen,
die Augen rot und schmal,
liegt er da wie zerrissen
und nuschelt eine Zahl.

Ich geb' ihm zu verstehen,
daß er verschwinden kann,
doch er, zu faul zum Gehen,
glotzt mich nur dämlich an.

Ihn stör'n nicht mal die Tritte,
den kleinen, faulen Sack,
statt daß ich noch lang bitte,
nehm' ich ihn Huckepack.

Und als ich ihn so schleppe
durch unser Stiegenhaus,
freu' ich mich: Gott, die Treppe,
wie sieht die sauber aus!

Schnell, schnell

Es gibt soviel zu tun,
zu schaffen allgemein,
selbst die Zeit, auszuruhn,
will freigeschaufelt sein.

Da drängt die Regsamkeit,
der Arbeitseifer spricht:
Gewinn ein bißchen Zeit,
mach gleich die Doppelschicht!

So hastest du voran
mit Dampf unter den Sohlen
und schaffst es irgendwann,
dich selbst zu überholen.

Vielfach beschleunigt rennst
du dann, von Ballast frei,
an allem, was du kennst,
vorbei, immer vorbei,

stürmst losgelöst dahin,
die Zunge aus dem Munde,
als nackter Zeitgewinn
und lebende Sekunde.

Frühlingslied

"Du stumpfschnäblige Mißgeburt,
du mieser, kleiner Kacker,
hier im Gebüsch wird nicht gehurt,
zisch ab, mach dich vom Acker!"

"Was willst denn du, du Hungerhupf,
du bist hier nicht zu Haus',
paß auf, sonst pack' ich dich und rupf'
dir deine Federn aus."

"Dazu wird es nicht kommen,
so altersschwach du bist,
ein Greis, genaugenommen,
Zeit, daß du dich verpißt.

Nur die, die noch was taugen,
haben Vermehrungsrecht!
Grauslich, so stumpfe Augen,
du siehst bestimmt schon schlecht!"

"Ich sehe noch genug,
das wirst du gleich erleben,
um dir mitten im Flug
richtig eins draufzugeben.

Du aufgeblas'ner Schreier,
du Mensch, du Federkotz,
verfaul'n soll'n deine Eier,
all deiner Müh' zum Trotz!"

Ein Fensterladen öffnet sich,
Zankstimmen werden laut
und eine Frau sagt nachdenklich,
als sie ins Grüne schaut:

"Wir können nichts als Streiten,
den Mund stets im Gefecht
um tausend Kleinigkeiten,
um dies und jenes Recht,

doch jeder Vogel kann,
was wir nicht fertigbringen;
komm her, Schatz, hör dir an,
wie sie zusammen singen."

Der Auftrag

Sie wissen nicht, was sie verlangen,
und heimlich wissen sie es doch,
sind seinerzeit doch selbst gegangen,
hinab in dieses finstre Loch.

Der Herzschlag pocht mir in der Kehle,
ich möchte "Nein, ich will nicht!" schrein,
weiß aber doch in tiefster Seele:
Ich muß, ich muß jetzt dort hinein.

Schon nehme ich die ersten Stufen,
die Beine steif, mit Gänsehaut,
da knirscht - "Oh nein!" - hör' ich mich rufen,
mir unterm Fuß ein trockner Laut.

Ich frage mich, was andre täten,
wenn sie, wie ich, mit ihren Schuh'n
etwas Lebendiges zertreten -
ob sie ganz unbeteiligt tun?

Nach schauderstarrem Abwärtsschreiten
gelang' ich an der Treppe Grund.
Steinkalte, feuchte Modrigkeiten
öffnen vor mir den Grabesschlund.

Nur vage ahne ich die Stelle,
dort hinten muß die Stätte sein,
markiert durch trübe Schattenhelle,
ein grauer Fleck auf schwarzem Stein.

So sehr die Furcht auch auf mir lastet,
ich wehre mich, ihr nachzugeben,
obgleich jemand mein Haar betastet
mit Händen, weich wie Spinnenweben,

streb' ich mit aller Willenskraft
zum Durchbruch in der Mauer hin,
um dort zu sehn - oh schauderhaft -,
daß ich am Hort des Schreckens bin.

Flüchtig berührt von Staublichtstrahlen
steht dort das Grauen unverhüllt:
Ein Glas, es ist nicht auszumalen,
mit Menschenaugen angefüllt.

Dies Schreckensding soll ich ergreifen,
es mit mir nehmen hoch ans Licht?
Die Finger woll'n sich mir versteifen.
Das ist zu viel! Das schaff' ich nicht!

Du mußt!, sagt meine inn're Stimme
und leider weiß ich, sie hat recht.
Schon mahnt sie mich: Das wirklich Schlimme
wird, wenn du flüchtest, doppelt schlecht!

So trage ich mit Ekelklauen
das Ding hinauf - und es ist schwer.
Die Augen roll'n, mich anzuschauen,
im Glas, das spür' ich, hin und her.

22

Mit Müh' erreiche ich die Treppe,
hebe den Blick zum Tageslicht,
zu dem, was ich nach oben schleppe,
wende ich ihn zunächst noch nicht.

Grad' als ich's mir vor Augen halt',
mich ihm beherzt zu stellen,
hör' ich, wie Mutters Stimme schallt:
"Sven-Lars! Sven-Lars! Die Mirabellen!

Sven-Lars, jetzt hör mir einmal zu
und red dich nicht noch lang heraus,
nähm' ich die Dinge so wie du,
wie säh's wohl mit dem Kochen aus?"

Fischi, Fischi

Im trüben Unterwasserlicht
ins Weckglas eingeschlossen
hilft ihm auch seine Flinkheit nicht
und Furcht krümmt Schwanz und Flossen.

Das Atmen fällt den Kiemen schwer,
der Kopf will fast zerspringen,
er kann beinah nichts andres mehr
als mit der Ohnmacht ringen.

Da zeigt sich an des Glases Wand
ein riesenhafter Schemen,
mit roher Kraft greift eine Hand,
den Deckel abzunehmen.

Ein wasserblaues Augenpaar
von ungeheurer Größe
weidet sich beutegierig-starr
am Anblick seiner Blöße.

Ein zahnbewehrter Räubermund,
entsetzlich anzuschauen,
tut malmend das Verlangen kund,
ihn langsam zu zerkauen.

Der Fluchtversuch bleibt aussichtslos,
es gibt keine Verstecke.
Das Glas ist kaum zwei Längen groß,
hat nicht mal eine Ecke,

25

die so etwas wie Schutz verspricht,
wenn lang und hornbekrallt
der Schreckensfinger nach ihm sticht
mit zielsich'rer Gewalt,

indes das Maul aus Freßgier zischt
und sich der Klang der Stimme
als Vorgefühl ins Wasser mischt
fürs unausweichlich Schlimme.

***

Ein Mädchen schaut ins Goldfischglas,
taucht sacht den Finger ein
und flüstert: "Fischi, weißt du was,
komm, laß uns Freunde sein."

Rex

Geboren mit dem Wunsch allein,
verwurzelt in den Genen,
des Menschen treuer Freund zu sein
und Weisung zu ersehnen,

so kommt der kleine Rex zur Welt,
im Herzen nur den Willen,
was seinem Herrchen wohlgefällt
begeistert zu erfüllen.

Allein, was leicht er sich gedacht,
ist wirr und voller Schrecken,
mal streichelt Herrchen ihn und lacht,
mal schlägt er mit dem Stecken.

Bald weiß Rex nicht mehr aus noch ein,
verzagt in stummem Leiden.
Was soll denn falsch, was richtig sein?
Er kann's nicht unterscheiden.

Der Zweifel treibt ihn vor sich her,
er findet keine Ruhe,
zerkaut des Söhnchens Teddybär
und Frauchens neue Schuhe.

Als Herrchen hört, was er getan,
langt er erst nach dem Stecken,
doch dann schaut er Rex seltsam an,
als wollte er ihn necken:

"Spazierengeh'n, mein Rexilein",
schlägt er ganz freundlich vor.
"Du wirst schon noch gehorsam sein",
und krault ihn hinterm Ohr.

Der Steinbruch ist heut' Herrchens Ziel
mit seiner Felsenschlucht.
Wie oft hat Rex ihm dort im Spiel
das Stöckchen schon gesucht?

Doch diesmal führt der Mann den Hund
dicht an des Felsens Rand.
Rex wüßte nur zu gern den Grund
und leckt an Herrchens Hand.

Der hält ihm streng das Stöckchen vor
und zischt wie einen Fluch
ins aufmerksame Hundeohr
das eine Wörtchen: Such!

Vom Wunsch zu dienen tief beseelt,
wägt Rex nicht Wohl noch Wehe,
befreit vom Zweifel, der ihn quält,
frohlockt er: Ich verstehe!

Er springt vom Felsenrand hinab
in treuster Hundepflicht
und findet dort ein frühes Grab
- doch Herrchens Liebe nicht.

Der kratzt sich bloß am Schulterblatt:
"Was soll's mich lang gereuen?
Ich fahr' am Samstag in die Stadt
und hol' mir einen neuen!"

Die Schuhe

"Mutter, diese alten Schuhe,
die so schief gelaufen sind,
hier ganz unten in der Truhe,
dieses Leder - ist das Rind?

Früher hatten sie mal Spangen.
In der Sohle ist ein Loch.
Wer ist wohl darin gegangen?
Mutter, sag doch, weißt du's noch?

Hart sind sie, doch von den Zehen
an den Rändern ausgebeult.
Hat die Frau da wohl beim Gehen
unterwegs manchmal geheult?

Und hier seitlich, an der Sohle,
sieht der Schuh aus wie verbrannt!
Da klebt Asche oder Kohle -
ist sie denn durch Glut gerannt?

Oh, hier drinnen, ich würd' sagen,
daß das Heu ist oder Moos.
Mutter, wer die Schuh getragen,
über'm Spann war'n sie zu groß!

Ach, das kenn' ich, bei den Schritten
rutscht der Fuß dann hin und her.
Wer so geh'n muß, hat gelitten,
Mutter, sag', wer war das, wer?

Und dann hier, die vielen Schrammen,
längs über den ganzen Rist,
fast, als ob sie daher stammen,
daß die Frau gekrochen ist,

über Straßen voller Steine,
danach scheint's mir auszuseh'n.
Ihr versagten wohl die Beine
und doch mußt' sie weitergeh'n … ."

"Mein Gott, Kind, so gib doch Ruhe,
wühl nicht in dem alten Kram!
Das sind Urgroßmutters Schuhe,
womit sie aus Pommern kam.

Solltest lieber Bücher lesen
mit Reports und Zahlenlisten,
die dir zeigen, wie's gewesen,
und nicht Schuh' aus alten Kisten."

Die Pilzliebhaberin

Von trock'nem Laub umgeben,
gehüllt in Spinnenfilz,
in dem Grashalme kleben,
wächst nah am Wald ein Pilz,

stengeltief eingeflochten
in üppig-weiches Moos,
hockt er unangefochten
im flachen Muldenschoß,

geschützt vor kalten Nächten
im traulichen Verein,
die ihm das Ende brächten,
stünd' er für sich allein

und lieh nicht spinnenleise,
mit waldmoosweicher Hand
ihm, was rings lebt im Kreise,
ein wärmendes Gewand.

* * *

Da naht sich eines Tages,
stets Gutes nur im Sinn,
dem Pilz am Rand des Hages
die Pilzliebhaberin,

um fördernd zu begleiten,
was dort wild-wirr gedeiht.
Pflanzen in Schwierigkeiten
widmet sie ihre Zeit.

Lächelnd beugt sie sich nieder,
den Blick voll Zärtlichkeit,
und spreizt die Fingerglieder
langsam laubharkenweit.

"Oh nein, du armer Pilz,
voll Blattzeug und Getier.
Bloß weg mit diesem Filz!
Schwupps, bist du wieder schier.

Na bitte, gut gemacht!",
denkt sie, mit sich zufrieden.
Der Pilz ist dann bei Nacht
schutzlos im Frost verschieden.

Der Störenfried

Das Mittagessen ist vorbei,
doch noch hängt aus den Küchen
im Treppenhaus das Allerlei
aus Koch- und Bratgerüchen.

Verdauungsstille macht sich breit.
Auch im Familienkreis
von Herrn, Frau und Max Buttgescheit
ruhn Haus- und Handwerksfleiß.

Da lärmt es dumpf vom Nachbarn her,
als ob ein Stuhl umfällt,
es rumpeln Schritte, hart und schwer,
ein Kinderstimmchen gellt.

Ein grauenvoller Schmerzenslaut,
der in den Magen sticht.
Klein-Max, der auf der Lippe kaut,
wird fahlweiß im Gesicht.

Max, der grad mal sechs Jahre zählt,
schaut seine Eltern an.
Er weiß, Paul Kramer wird gequält
vom Bullenbeißermann,

der jetzt Pauls neuer Vater ist
und ihn am heißen Herd,
weil Paul sie immer gleich vergißt,
die Rechtschreibregeln lehrt.

Max hatte schon einmal gefragt,
ob Papa helfen kann.
"Ach Max", hat Papa drauf gesagt,
"das geht uns doch nichts an."

Jetzt schreit Paul wieder, halb erstickt,
doch ist die Qual zu hören.
Max' Vater, der aufs Tischtuch blickt,
scheint's weiter nicht zu stören.

Da schiebt sich Max zur Tür hinaus,
sein Gang ist steif-beklommen,
doch schafft er es, durchs Treppenhaus
zu Kramers Tür zu kommen.

Sein dünner Finger langt hinauf,
die Klingel zu erreichen.
Es schellt. Max hört zu atmen auf.
Die Zeit will nicht verstreichen.

Da! Schwere Schritte, Schlüsseldrehn.
Max sieht, vor Angst verschwommen,
vor sich den Bullenbeißer stehn,
kann kein Wort rausbekommen.

"Herrgott, es ist noch Mittagsruh!"
hört er den Riesen sagen.
"Verzieh' dich, Flegel, los, sieh zu!"
Die Tür wird zugeschlagen.

Als wäre er mit Blei behängt,
schleicht Max, den Tränen nah,
zurück, wo Mutter ihn empfängt:
"Wie stehn wir jetzt bloß da?!

Man mischt sich nicht in sowas ein.
Was hast du dir gedacht?
Wie riechst denn du?! Oh Himmel, nein.
Er hat sich naß gemacht!"

Der Vater beutelt Max den Schopf
und zieht die Nase kraus:
"Das nächste Mal gehst auf den Topf,
da kommt mehr bei heraus!"

Bessere Leute

Die Gänseschar auf Hofgut Fiese
ist vor Empörung außer sich,
mitten auf ihrer Lieblingswiese
landet ein simpler Gänserich.

Sein Flügelpaar ist nicht so weiß
wie das der noblen Schar,
die mehrfach schon mit einem Preis
gewürdigt worden war –

vielmehr sieht's aus wie grau beschmutzt,
fast tut's den Weißen leid,
wär' dieses Paar nicht ungestutzt,
denn das geht doch zu weit!

Der Graue schaut sich wachsam um
und strebt sodann direkt
auf die Schar zu – ja, ist der dumm?
Was der hier wohl bezweckt?

"Hört her, Genossen!", flüstert er,
"selbst nach dem Federnstutzen
kann ich euch zeigen, fällt's auch schwer,
die Flügel zu benutzen!

Euch droht nicht mehr die Hafermast,
der Tod in Topf und Kissen –
eh euch des Schlachters Hand erfaßt,
seid ihr hier ausgerissen!

Nur damit ihr's auch wirklich schafft,
zum Himmel abzuheben,
braucht ihr jetzt eure ganze Kraft
zum Kampf ums freie Leben!"

Die Gänseaugen leuchten auf,
von Tatenlust erhellt,
und just im Augenblick darauf
ist ihr Entschluß gefällt.

Sie blinzeln sich verstohlen zu,
erfahrene Verschwörer,
ein Wink, ein Zisch: "Erst ich, dann du!",
schon packen sie den Störer

und reißen ihm die Federn aus,
ihr mordlustiges Tröten
ruft gar den Gutsherrn aus dem Haus,
der hilft noch nach beim Töten.

Dann schaut er seine Gänse an,
nickt ihnen zu und lacht:
"Nicht wahr, ein Strolch, der fliegen kann,
gehört gleich totgemacht!"

Gugelhupf

Es war eine Rosine
in einem Gugelhupf,
Mehl, Zucker, Margarine
boten ihr Unterschlupf,

doch sie war nicht zufrieden
mit ihrem Teigversteck,
das Los, das ihr beschieden,
ihr angeblicher Zweck

erfüllte sie mit Grauen,
wußte sie doch genau,
sie war da zum Zerkauen
und das bedeutet "Au!".

So wollte sie nicht sterben
und wenn es doch sein muß,
dann wollt' sie ihn verderben,
den Gugelhupfgenuß.

Und in des Kuchens Mitte
begann sie einen Streit,
es wuchs mit jedem Schritte
die Unversöhnlichkeit.

Das zog die Backvorgänge
weit über jede Norm
im Ofen in die Länge,
der Teig kam nicht in Form,

ging auf und sackte nieder,
dem Bäcker sehr zum Frust:
Ein Gugelhupf? Nie wieder!
Hätt' ich das bloß gewußt!

Erzählgedichte

Aus-vorbei

Die Dinge nehmen ihren Lauf,
der Ausschuß der Genossen
beschließt, der Rettungstrupp kommt rauf,
der Stollen wird geschlossen.

Jetzt hört er keinen Bohrer mehr,
die Kumpel nicht mehr graben,
nur Wasser rieselt ringsumher,
der Berg, er kann ihn haben.

Und eisig kommt's, wie Knochenfraß,
aus nassem Fels gekrochen,
hat binnen kurzem jedes Maß
bekannter Qual gebrochen.

Fest eingeklemmt in das Gestein,
ihm schutzlos preisgegeben,
kann er nicht aufhören zu schrein
nach Hilfe, Rettung, Leben!

Und eh's ihm den Verstand zerreißt,
die Willenskräfte schwinden,
sucht er verzweifelt, noch im Geist
jemand's Gehör zu finden,

und weiß es plötzlich ganz genau,
würd' jeden Eid drauf schwören,
er hat Kontakt zu seiner Frau,
Mathilda kann ihn hören!

Er spürt, wie sie im Bett auffährt:
"Mein Paul ist noch am Leben!"
und sich dann doch dagegen wehrt,
dem Wissen nachzugeben.

Zu unmenschlich klang ihr sein Schrei,
ein Ton zum Blutgefrieren,
da kann sie "Ende-Aus-Vorbei"
doch leichter akzeptieren.

Sie streicht sich über das Gesicht,
als hört' sie ihn noch immer,
und murmelt mehr, als daß sie spricht
beim Gang ins Badezimmer:

"Laß mich in Ruh', du böser Wahn!
Paul war nicht mehr zu retten.
Was möglich war, hat man getan",
und nimmt zwei Schlaftabletten.

Verliererzorn

Dicht an dicht auf Eisengittern
eingepfercht im Neonschein,
steh'n die Hühner da und zittern,
picken, flattern oder schrein.

Flügel brechen, Federn fliegen,
Blut verschmiert den Eisenrost,
manchmal bleibt eins reglos liegen,
Abfall für die Haustierkost.

Keines kann der Qual entkommen,
Schmerz und Grauen ausgesetzt,
wird ihm das Ei um Ei genommen
und der Körper dann zuletzt.

Weichgekocht, entbeint, gehäutet,
abgepackt fürs Tiefkühlfach,
keiner weiß, was das bedeutet,
niemand denkt darüber nach,

daß von denen, die sich wehren,
aussichtslos von Anfang an,
manche einen Zorn gebären,
den kein Schlachtbeil töten kann

und der als ihr dunkles Erbe
auf der Welt sein Werk beginnt,
auf daß jener daran sterbe,
der jetzt glaubt, daß er gewinnt.

Alles prima

Uns gefällt's in Yokohama,
hält auch der Grund, hier zu sein,
nach dem Überflutungsdrama
alle Zukunftspläne klein.

Hab und Gut sind uns verloren,
aber dennoch bin ich froh,
denn das Kind blieb ungeschoren,
meine Tochter Yukiko.

Yukiko ist eine Wilde,
gibt beim Spiel nie auf sich acht,
führt nur Tollkühnes im Schilde,
rauft und springt und rennt und lacht.

Letztens hat sie ein paar Jungen
bei den Pfützen hinterm Haus
ihre Game Boys abgerungen -
Himmel, sah sie danach aus!

Schlammverklebt die helle Hose,
blut'ge Kratzer hinterm Ohr
und der Milchzahn, vorn, der lose,
stand ganz eigentümlich vor.

Doch seit kurzem schaut die Kleine,
nein, ich kenn' sie gar nicht so,
ernsten Blicks, gekreuzte Beine,
manchmal still ins Nirgendwo.

Unheimlich ist mir die Ruhe
und wie brav sie sich benimmt.
Heile Bluse, saub're Schuhe,
ob da irgendwas nicht stimmt?

Sagen tut sie "Alles prima!",
wenn ich frage, was ihr fehlt.
Ist's die Heimat, Fukushima,
ist's das Heimweh, das sie quält?

Jäh zerstreu'n sich meine Sorgen
und ich weiß, alles wird gut,
als sie heimkommt heute morgen,
im Gesicht ein Schmierfleck Blut.

"Kannst du dich denn nicht vertragen?"
schelte ich sie zärtlich aus.
"Deine Nase, würd' ich sagen,
stand wieder zu weit heraus!

Was soll denn Frau Sato denken,
deine neue Lehrerin?
Dein Benehmen könnt' sie kränken,
kommt dir das nicht in den Sinn?"

Ja, so ist das mit den Kindern.
Im vergeblichen Versuch,
noch mehr Flecken zu verhindern,
reich ich ihr ein Taschentuch.

"Oh, das ist ja aus Papier!",
lächelt da mein Kind verschwommen,
"grad' sagte Frau Sato mir,
die sind nicht mehr zu bekommen.

Ausverkauft, und sie vermutet,
weil den Großen und den Kleinen
jetzt so oft die Nase blutet
und so oft die Augen weinen."

Luftzigeuner

Blanke Augen, schwarz wie Kohlen,
schauen wachen Blicks umher:
Wo gibt es hier was zu holen,
das für uns genießbar wär'?

Hunger wühlt im leeren Magen
und es lockt das Früchtebeet,
doch wer soll den Vorstoß wagen,
solang jemand darauf steht,

der die Arme von sich breitet,
fast, als ob er fliegen will,
seinen Mantel windgeweitet,
doch ansonsten völlig still?

Ob er achtgibt auf den Garten
unter seinem breiten Hut,
fest entschlossen abzuwarten,
bis sich endlich etwas tut?

Selbst auf Rufe und Gebärden
reagiert der Kerl nicht groß.
Da hilft nur noch, dreist zu werden.
Einer fliegt für alle los,

schnappt sich eine reife Beere
vor den Füßen der Gestalt
und entkommt nach schneller Kehre
durch den nächsten Heckenspalt.

Alle haben es gesehen,
selbst die Jüngsten wissen nun,
wer's auch ist, er bleibt still stehen
und wird keinem etwas tun.

Schnurstracks geht's jetzt an die Beute.
Alle trauen sich heran,
starke, schwache, alte Leute,
jeder pickt, so schnell er kann.

Sind sie dann gefüllt, die Bäuche,
wird gemeinsam musiziert
und der Hut der Vogelscheuche
noch mit Spritzern dekoriert,

eh' sie schließlich weiterwandern,
eine schwarzfedrige Schar,
die nach Auffassung von andern
stets zu frech und lustig war.

Marschland-Ballade

Sie wohnen auf den Wiesen
im Marschland hinterm Deich,
drei kalte Nebelriesen,
plattfüßig, dick und bleich.

Auf Bauer Jensens Kleine
haben sie's abgesehn,
die's liebt, abends alleine
am Deich entlangzugehn.

Sie haben sie beim Wandern
oft klammheimlich berührt
und einer nach dem andern
ein wenig irr'geführt,

so daß sie nicht mehr wußte,
an welchem Ort sie war,
und sich besinnen mußte,
ganz blind für die Gefahr.

Einmal, zur Abendstunde
treffen sie neuerlich
das Kind im Wiesengrunde
und diesmal traun sie sich,

gemeinsam zuzugreifen -
da sinkt das Kind ins Gras,
sein Blick fängt an zu schweifen,
die Stirn wird totenblaß.

Den grauen Dunstgestalten
ist das nicht Scherz genug -
das Kind spürt einen kalten,
feucht-nebelhaften Zug

und aufquellende Schwaden
füll'n Sinne und Verstand,
im Innern reißt ein Faden,
so daß nun Fuß und Hand

haltlos ins Leere greifen,
um sich mit letzter Kraft
leis zitternd zu versteifen,
wie Äste, knorrholzhaft.

Erstarrt, selbst noch nach Tagen,
hockt Jensens Kind am Zaun
und alle, die es wagen,
ihm ins Gesicht zu schaun,

sehn weit im Hintergrund
der trüben Augenlinsen
mit breitem Clownesmund
die Nebelriesen grinsen.

Alte Freunde

Als unser Land in Scherben lag,
kurz nach der Weltkriegsschlacht,
hat sie mir morgens jeden Tag
aufs neue Mut gemacht.

Ihr dickwandiger, runder Bauch,
gefüllt mit Muckefuck,
schenkte mir Trost und Hoffnung auch
mit jedem heißen Schluck.

Der Deckel, der mit Sorgsamkeit
den Trunk in ihr verschloß,
der Strahl, den sie großzügig-breit
in meine Tasse goß,

taten mir still und mütterlich
in tiefster Seele wohl,
ersetzten Brot und Brotaufstrich
und, ja, den Alkohol.

Als dann das Wirtschaftswunder kam
mit Kaffee, gutem Essen
und ich sie forsch beim Henkel nahm,
hatt' ich es nicht vergessen,

wie sie mich stets umsorgt hat, treu
in jener Zeit der Not,
und riet mir jemand: "Kauf mal neu!",
wurde ich zornesrot.

Wir beide sind inzwischen alt.
Statt Falten im Gesicht
hat sie querüber einen Spalt
und hält nicht mehr ganz dicht.

Auch ich bin hin und wieder krank,
trink nur noch Tee, und doch,
die Kanne bleibt mir nicht im Schrank.
Das gilt auch heute noch.

Die Pfütze nehm' ich gern in Kauf,
bleibt ja genug Tee drin.
Doch sorgt mich eins: Wer brüht sie auf,
wenn ich mal nicht mehr bin?

Nachtkonzert

Weithin klingen Froschgesänge
durch die sommerwarme Nacht,
über Teich und Uferhänge
bis hinauf zur Eulenwacht,

wo des alten Räubers Stimme
dumpf ertönt aus tiefem Tann,
wenn er auch das Grausamschlimme,
das er plant, nicht sagen kann.

Blätter flüstern, Schatten schleichen,
Schwingen streichen leis' vorbei,
viel zu spät, noch auszuweichen,
hallt am Teich der Todesschrei.

Jeder Laut gefriert zur Stille,
nicht ein Luftzug, der sich regt,
so als wär' ein eis'ger Wille
lähmend auf die Nacht gelegt,

bis die ersten Frösche wieder
kraftvoll ihren Kehlsack bläh'n -
da verläßt der Schreck die Glieder,
das Konzert kann weitergehn.

Geerdet

Fängt der Baum sich den Wind in den biegsamen Zweigen
und die Sonne läßt unter ihm Schatten entstehn,
gibt's am Fuß seines Stamms einen huschenden Reigen,
wo die Schemen sich über den Waldboden drehn.

Und der Baum sieht sie über die Grasbüschel jagen,
wäre selbst einmal gern wie ein Schatten so frei,
statt die Last der lebendigen Krone zu tragen,
und er seufzt einmal tief und wird traurig dabei.

Durch die Wurzel hinab, durch Geröll und Gesteine,
sinkt der Seufzer hinein in den felsigen Grund,
und kein anderer hört, nur der Baum ganz alleine,
wie die Erde ihn tröstet mit schlammschwarzem Mund.

Und durch's Wurzelgeflecht, durch die feinsten Kanäle,
dringt der Trost in sein weitläuf'ges Aderwerk ein,
bis ins innere Mark, seine holzige Seele,
und er wünscht sich nicht länger, ein Schatten zu sein.

Bärenstark

Ein Braunbärweibchen holt vom Baum
ein Nest mit Honigwaben,
da nähert sich, sie hat es kaum,
ein Bär und will es haben.

Sie bleckt die Zähne, knurrt ihn an
und zeigt die scharfen Krallen,
doch er ist stärker, er ist Mann
und läßt sich's nicht gefallen.

Ein Prankenhieb, ein Schulterbiß,
die Bärenfrau muß fliehen,
von vornherein war schon gewiß,
sie würd' den Kürz'ren ziehen.

Später im Jahr, es färben sich
ringsum die Blätter ein,
begegnen sie sich neuerlich.
Sie ist jetzt nicht allein.

Der Bär verhält den Jägerschritt
und wittert hin zu ihr,
die Bärin hat ein Junges mit,
für ihn ein Beutetier.

Noch suchend, wie er's angehn kann,
bewegt er sich nach vorn,
da greift die Bärin ihn schon an,
nur Pranken, Maul und Zorn.

Der Bär ist kräftig, er ist groß,
doch weiß er ganz genau,
er ist jetzt beinah chancenlos
gegen die Bärenfrau.

In ihrer ungeteilten Wut
ist sie so stark wie nie,
in ihren Adern kocht das Blut,
kein Zaudern hindert sie.

Der Bär vergißt das Beutestück
und seinen Mannesstolz,
so schnell er kann, flieht er zurück
ins nahe Unterholz.

Bald ist von ihm nichts mehr zu sehn,
die Bärin bremst den Lauf
und gibt nach kurzem Weitergehn
ganz die Verfolgung auf.

Ihr Zorn ist wieder abgekühlt,
die wilde Kraft gedämpft,
die jener in sich wachsen fühlt,
der für den andern kämpft.

Schattenflitzer

Zwei Milliardenstel Sekunden
unsrer Wirklichkeit voraus,
unbemerkt, dem Blick entschwunden,
wohnt er doch im selben Haus.

Grauer Flitzer, Schattenmeister,
Weghuscher und Augentrug
ist der langsamste der Geister,
doch noch immer schnell genug,

um den Augen zu entgehen
und der trägen Menschensicht,
die dem, was nicht klar zu sehen,
gern die Existenz abspricht.

Nur ein Huschen und ein Flitzen,
weiter ist an ihm nichts dran,
nichts, was irgendwer besitzen
oder dienstbar machen kann.

Unvereinbar mit Interessen
zu beherrschen, zu verwalten,
kaum erahnt - und schon vergessen,
viel zu flüchtig zum Behalten,

lugt er aus den dunklen Ecken,
bleibt am Kellerfenster stehn,
daß die Leute sich erschrecken,
ohne ihn direkt zu sehn,

wie er tut und wie er treibt,
was auch immer ihm beliebt
und dabei stets Zukunft bleibt -
weggehuscht, bevor's ihn gibt.

Nasser Brand

Sich ein Feuer zu entfachen,
wenn bei Regen und bei Wind
nicht einmal die eig'nen Sachen
mehr am Körper trocken sind,

und den Mut nicht zu verlieren,
wenn das nasse Streichholz bricht,
das das letzte war von vieren,
und es brennt noch immer nicht.

Wieder, wieder zu erfinden,
wenn man hundertmal geirrt,
die Verzweiflung überwinden,
wenn's der nächste Fehlschlag wird;

sich durch nichts beirren lassen,
sondern fest und unverwandt
Schwierigkeiten anzufassen,
die man vorher nicht gekannt,

und sich so weit vorzuwagen,
bis mit sich'rem Griff gelingt,
Funken aus dem Naß zu schlagen
und die erste Glut aufspringt.

Das, in Front mit der Natur,
treu und fest im eig'nen Handeln,
wird als Reifeprozedur
Rost und Stein in Gold umwandeln.

Die Kröte

Ich bin die Kröte unterm Stein,
am Brunnen vor dem Hause,
bin alt und schrundig und allein,
weil ich die andern grause.

Ich gehe finst'ren Dingen nach
an Orten, die sie meiden,
und schütze Heim und Herd und Dach
vor Unbilden und Leiden.

Mein Leib steckt fest im weichen Schlick,
so kann ihm nichts passieren,
und meine Seele, ja, die schick'
ich ringsumher spazieren.

Sie wandert durch die dunkle Welt
der Steine und der Erden,
und weil sie drunten Wache hält,
kann nichts den Hof gefährden.

Denn sie ist leicht, von feiner Art,
wie Elfen aus den Sagen,
kein Geist, der auf Verderben harrt,
kann ihren Schein ertragen.

Gleichwie mein Leib jedem mißfällt
und ich die Augen quäle,
so scheut die Brut der Unterwelt
die Schönheit meiner Seele.

Da sitz ich nun, zufrieden still,
solang sie mich nicht stören,
hab' alles, was ich wünsch' und will
und kann dazugehören.

Indes, der Bauernsohn jedoch,
ein Bengel schlimmster Sorte,
gräbt unterm Stein am Brunnenloch
am ihm verbot'nen Orte.

Er findet, was er sucht, und grient:
"Schau nur, die Ekelkröte,
was hat die anderes verdient,
als daß ich sie jetzt töte?"

Er hebt mit bös' verzerrtem Mund
den schweren Brunnstein auf,
und als der fällt, nimmt noch zur Stund'
das Unheil seinen Lauf.

Schwarze Schwester

Schwarze Schwester, kinderlos,
ohne Herd und Gatten,
spinnt ein Netz in ihrem Schoß
aus des Waldes Schatten,

das, im Mondlicht aufgehängt
zwischen kahlen Bäumen,
jener Menschen Seelen fängt,
die vom Fliegen träumen,

um an guten Rates statt
ihnen für das Leben
von dem Spinngarn, das sie hat,
etwas mitzugeben,

das bis in die Wirklichkeit,
wenn sie ihr begegnen,
bindet über alle Zeit,
ihren Weg zu segnen.

Kriegstanz

Am Anfang ist es nur ein Schritt,
ein Fuß mit seinen Zehen,
der zornig auf den Boden tritt,
daß die, die's angeht, sehen.

Ein weit'rer Schritt verfolgt ihn dicht
mit mehr Entschiedenheit,
aus seiner Art und Weise spricht
schon klar, es geht zum Streit.

Der nächste Schritt bestätigt ihn,
um auf dem Weg zurück
den Boden mit sich hochzuziehn
am Fuß ein kleines Stück,

wie an der Sohle festgeklebt
und dann gelöst zum Fall,
bald scheint es, daß der Boden bebt
im Umkreis überall.

Der Folgeschritt entfesselt ganz
und mit geballter Wucht
die Angriffslust in einem Tanz,
der keinen Halt mehr sucht,

der Gras und Steine ringsumher
in seinen Einfluß zwingt
und Sträucher, Bäume und noch mehr
aus jeder Ordnung bringt,

im Takt der Unversöhnlichkeit
von zorn'gem Fuß getreten,
auf daß die Wut zum Himmel schreit
und alle Feinde beten.

Gestreift

Der Weg nach Hause ist noch weit.
Es war wohl unbedacht,
daß ich mich noch um diese Zeit
alleine aufgemacht.

Scharf hebt sich vor dem letzten Licht
der Tannenwipfelsaum,
darunter, beinah feindlich dicht,
beherrscht schon Nacht den Raum.

Dort müßte auch der Hohlweg sein,
der kürzeste nach Haus.
Mich schaudert. Da soll ich hinein?
Es sieht beklemmend aus.

Indessen, ich hab' keine Wahl,
drum halt' ich mich nicht auf,
hol' Luft, als wär's das letzte Mal,
faß mir ein Herz und lauf.

Gleichwohl, nach einem kurzen Stück
bringt mich ein Ast zum Sturz.
Ein Ast, den ich fest an mich drück',
dräu'n rings doch Schlack und Wurz.

Noch eh' ich aufgestanden bin,
streicht etwas vogelsacht
über die Tannenwipfel hin:
ein Loch im Schwarz der Nacht.

Lautlos, wie nächt'gen Eulenflug,
ahn' ich ein Schwingenschlagen,
nur, dieser Greif wär' groß genug,
ein Haus davonzutragen!

Es gibt mir einen scharfen Riß
hinunter bis zum Bauch,
nicht mal mein Ast scheint mehr gewiß,
nichts bleibt so, wie ich's brauch'.

So lieg' ich, bis der Morgen graut,
geduckt in Farn und Moos,
zitternd, den Herzschlag dröhnend laut,
und fürcht' mich namenlos.

Dies Vorkommnis ist lange her,
und doch, ich kann's nicht wehren,
daß seine Schatten mir nunmehr
das Altwerden erschweren.

Denn just, wenn ich im reinen bin
mit meinen Lebensfragen,
hör' ich - und fort sind Schluß und Sinn -
lautlos die Schwingen schlagen.

Grüner Blues

Wenn dicht über die Gräser
Nebel feldeinwärts schweben,
drängt's manchen Froschlurch-Bläser,
ein Nachtkonzert zu geben

zu Ehren alter Tage
im Urschlamm der Natur
als sumpfig-düst're Klage,
Amphibienwehmut pur.

Die breiten Flossen patschen,
der Hinterkörper swingt,
die Saugnapfhände klatschen
und durch die Dämm'rung klingt

in zähflüssigen Tönen
gramsatter Ausdruckskraft
das Lied vom Schwund des Schönen
durch Mensch und Landwirtschaft.

Fett quillt er aus der Kehle
und füllt das Instrument,
der Blues der grünen Seele,
die auf den Feldern brennt.

Himmelblau

Leis' raschelt eine Brise
am Feldbach durch das Ried,
dahinter summt die Wiese
ihr Butterblumenlied.

Hier liege ich und träume
mich in die blauen Höh'n
der Sommerhimmelsräume,
so weit, so klar, so schön.

Hinaufschwebend zerfließe
ich sanft im Sonnenschein.
Mach's gut, Welt, ich genieße,
auf Kurs ins Nichts zu sein!

Die endlos blaue Weite
macht mich gedankenleer.
Ozonloch, Ölpest, Pleite –
das sagt mir gar nichts mehr.

"Ich will ins blaue Glück",
ist alles, was ich weiß.
Kostet's den Weg zurück,
dann zahl' ich halt den Preis.

Da reißt ein scharfes Stechen
mich jäh hinab ins Gras.
"Mein Zeh! Ich werd' mich rächen!
Welch Mistvieh war denn das?"

Mit schmerzverzerrter Miene,
aller Entrückung bar,
find' ich mich - blöde Biene! -
dort wieder, wo ich war.

Die grünen Halme nicken
zum Grillen-Schrapp im Moos.
Löwenzahnomas schicken
Enkel an Schirmchen los,

die Ameise bespricht
den Einsatz mit der Gruppe
und eine Raupe flicht
sich ihre Fadenpuppe.

Da - huch! - dicht bei mir liegt
(oh nein, fast saß ich drauf)
ein Wiesel - tot, besiegt
schaut's starr zum Himmel auf,

im Blick, nun seh ich's klar,
dieselbe blaue Leere,
in deren Sog ich war
- und jetzt beinah noch wäre.

Kalte Ernte

Versklavtes Kraut in graden Reihen,
Rankarme, am Gestell fixiert,
gepfropfte Jungbäume, die schreien,
ein Rosenstock, ganz frisch kupiert -

kaltblickend beugt über dem Ganzen
Hans-Adolf Grünschinder den Rücken,
rupft ein paar mißliebige Pflanzen,
sie mit dem Daumen zu zerdrücken.

Den eig'nen Garten zu gestalten,
unwertes Leben auszulesen,
zwischen Spalieren Ordnung halten
als Herr über die grünen Wesen,

ist seines Alters Trost und Glück
und dämpft den Lebensabendsgroll:
Schön, wenn auf seinem Gartenstück
nichts wächst, was dort nicht wachsen soll.

Doch jäh, an einem schwülen Tag,
beim hochpeniblen Unkrautjäten,
trifft Adolf Grünschinder der Schlag
und er stürzt hin zwischen den Beeten.

Indes, noch fühlt er in sich Leben,
kann Schwindel, Druck und Schmerzen spüren,
jedoch den Finger nicht mehr heben
und auch die Zunge nicht mehr rühren,

liegt zwischen Rosenstock und Bohnen
auf artenrein bestelltem Beet
und hofft, auch wenn sie fernab wohnen,
hör'n Nachbarn, wie er lautlos fleht.

Doch schließlich, als die Nacht beginnt,
würgt kalte Todesfurcht den Kranken
und er versucht, wie einst als Kind,
zum Grün zu sprechen in Gedanken,

ob ihn vielleicht ein Krautling hört
in seiner Not und seinem Bangen,
doch die Verbindung ist zerstört
durch Gartenschere, Draht und Zangen

und seine Säuberungsallüren,
die Willkür seiner Gärtnermacht -
Grünschinder lauscht, doch kann nichts spüren,
als nur sich selbst im Schwarz der Nacht.

Still liegt er, reglos wie ein Stein,
von allem andern abgetrennt
und bringt die letzte Ernte ein,
indem er nunmehr klar erkennt:

Den Abschied, der so düster droht,
hat er als Junge schon genommen.
Hans-Adolf, der ist lange tot -
nur hat er's jetzt erst mitbekommen.

Licht aus

Mitten aus dem Schlaf gerissen
in der Dunkelheit der Nacht,
scheint die Hand genau zu wissen,
wie und wo sie Licht anmacht;

folgt ganz einfach den Reflexen,
greift zur Nachttischlampe hin,
aber - Hölle, Teufel, Hexen -
da ist keine Birne drin!

Aufgestört von diesem Schrecken
folgt der Körper gleich der Hand,
raus aus allen Federdecken,
hin zum Schalter an der Wand.

Doch das Drücken bleibt vergeblich
und anstelle klarer Sicht
wächst die Angst nun ganz erheblich:
Hier im Zimmer stimmt was nicht!

Sich in Sicherheit zu bringen,
das ist alles, was jetzt zählt,
aber wie soll das gelingen,
wenn der Ausweg dazu fehlt?

Wenn die Suche nach der Kerze,
die sonst vorn im Wandschrank steht,
zum Getaste durch die Schwärze
düst'rer Vorahnung gerät?

Wenn man jene Tür nicht findet,
die hinaus zum Hausflur führt,
weil ein Spalt den Raum durchwindet
und man sich schon fallen spürt,

haltlos in den Schlund gerissen,
nur gefolgt vom eig'nen Schrei -
ruckhaft reißt's dich aus den Kissen
und der Alptraum ist vorbei.

Rings ist alles ganz beim alten,
so vertraut, wie man es kennt,
keine Schwärze, keine Spalten,
und die Nachttischlampe brennt ...

Markttag

Heut' ist Markttag auf der Brücke,
Obst, Gemüse, Tuch und Tand,
Kupfergeld und Silberstücke
wandern schnell von Hand zu Hand.

Zetern, Feilschen, Zahlen, Tauschen,
hoch geht's her, der Handel blüht,
an den Schacherei'n berauschen
sich die Leute das Gemüt.

Nur des Körbemachers Trine
bleibt dem fern, was rings geschieht,
die mit kindlich ernster Miene
auf den Brückenbrettern kniet.

Tief versunken in Gedanken
müht sich Trine zu verstehn,
wie im Schlitz zwischen den Planken
Stroh und Sand verlorengehn,

sieht sie in dem Spalt verschwinden
und gerät dabei in Not,
unverhofft herauszufinden,
daß ihr selbst das Gleiche droht.

Weiß sie doch, daß Kinderseelen,
und die ihre sowieso,
auf der Welt so wenig zählen
wie ein Sandkorn oder Stroh.

Würd' sie in die Spalte fallen,
aus der's keine Rettung gibt –
merkt's dann jemand hier von allen,
die sie kennt und die sie liebt?

Kalte Furcht läßt sie erstarren,
keinen Schritt mehr kann sie tun
und die Brückenbretter knarren
drohend unter ihren Schuh'n.

Ringsum geht der Trubel weiter,
niemand achtet auf das Kind,
dem die Lücken fast schon breiter
als die Schuh' geworden sind.

Lang kann sie sich nicht mehr halten,
immer schmaler wird der Steg,
und als Rettung vor den Spalten
sieht sie nur noch einen Weg,

stürzt sich in die Menschenmenge,
lärmt und rempelt, schubst und zieht,
bis sie schließlich im Gedränge
nichts mehr von den Spalten sieht.

Zwischenspiel

Im Garten dunkelt schon die Nacht,
trotz vorgerückter Stunde
lärmt noch am Tisch - "Dreimal die Acht!" -
die Sonntags-Pokerrunde.

Es wird geblufft, Gewinn gerafft,
zwei Lampion-Gartenlichter
beleuchten dabei geisterhaft
den Spielern die Gesichter.

"Ist mir zu hoch, ich steige aus!",
bemerkt grad kurzentschlossen
der jüngste, genannt Jokerklaus,
Glückspilz der Spielgenossen.

Er lehnt sich weit im Stuhl zurück,
dem Lichtschein zu entgehen,
so ist von ihm ein gutes Stück
im Dunkeln nicht zu sehen.

Da weht ihn leise etwas an,
er hört ein feines Raunen
und spürt es auf der Haut sodann,
hauchzart wie Vogeldaunen,

als wäre es ein lieber Gruß
aus weit entfernten Tagen,
etwas, das er wohl kennen muß -
woher, er könnt's nicht sagen.

Ihm fehlt einfach dafür das Wort,
das Flüchtige zu nennen,
schon gleitet es ihm wieder fort,
zurück bleibt dumpf ein Brennen.

Fern raunt's nochmal im Blätterdach
vom alten Ahornbaum,
die Vögel werden nicht mal wach,
sie zwitschern nur im Traum.

"Hey!", trifft ihn da ein Schulterstoß,
"hier wird nicht rumsinniert!
Du gibst! Nun mach, beweg dich, los!
Wer spökenkiekt, verliert!"

Ein Ruck geht durch den Jokerklaus:
"Verdammt, was war das eben?
Egal! Paßt auf, ich nehm' euch aus!"
Flott fängt er an zu geben.

Alter Horch

Aus dem morschen Ast der Linde
ragt es wulstig-braun hervor,
stülpt sich über Moos und Rinde:
Alter Horch, das Baumpilzohr.

Reglos lauscht es in die Runde,
hört der Fledermäuse Flug,
hört den Molch am Quellengrunde
und des Waldschrats Flüsterspuk.

Alter Horch kann das vernehmen,
was dem Menschenohr zu leis',
weil es selbst die Urklangschemen
für sich einzufangen weiß

in der ätherfeinen Schicht
jener allerhöchsten Acht,
die als tiefste Weltensicht
alles erst lebendig macht.

So hört Alter Horch die Schritte,
ehe noch die Tat geschieht,
vorgeplant nach Menschensitte -
"Rode, brenne, mach Profit!" -

stampfen sie dem Wald entgegen.
Eine Baggerklaue faßt
nach dem Quell, den Waldschratwegen
und dem morschen Lindenast.

Durch das Blattwerk läuft ein Beben,
denn der alte Horch warnt stumm
alle, die im Walde leben,
doch wer kümmert sich darum?

Wer will schon betroffen sein,
sich bereitfinden zum Streit?
Alter Horch setzt alles ein,
Alter Horch, der Stumme, schreit!

Heute gibt es von dem Walde
nicht mehr die geringste Spur.
Eine Kohlenabraumhalde
streckt sich über kahle Flur.

In der Nacht bleibt's totenstill,
nur wer hinzuhören weiß,
weil er's wirklich wissen will,
hört den Nachhall eines Schreis ...

Mückentanz

Mildes Licht fällt durch die Zweige,
das schon bald verdämmern will,
denn der Tag geht nun zur Neige
und im Garten wird es still.

Von den Mücken ausgenommen,
deren wirrer Kreiselflug
will noch nicht zur Ruhe kommen,
denn sie kriegen nicht genug,

schwirrend durch die Luft zu fliegen,
umeinander, her und hin,
überraschend abzubiegen,
nur um wieder von Beginn

aufeinander zuzujagen
und mit großem Fluggeschick
beinah den Kontakt zu wagen,
doch im letzten Augenblick

unvermutet abzudrehen
in den milden Abendschein,
kurz im Fluge stillzustehen,
um sich gleich wieder hinein

in das Schwarmgewirr zu stürzen,
diesmal schneller, und dabei
alle Strecken abzukürzen,
und sich so, entfernungsfrei,

zur Bewegung zu vereinen,
augenblickslang nicht zu sehn -
um gleich wieder zu erscheinen
und sich neu im Kreis zu drehn.

Die Ahne

Regen hüllt den Wald in Strähnen,
trüben, feinfädigen Graus;
Äste schwanken, Schatten gähnen,
Borken dünsten Holzduft aus.

Dort, unter des Astwerks Dichte,
zwischen Nadeln, Moos und Harz,
nah am Wurzelfuß der Fichte
ruht ein Brocken Drudenquarz.

Niemand wagt sich in die Nähe,
denn gleich einem finstren Bann
liegt's wie bittres Ach und Wehe
dräuend über diesem Tann.

Nur wer kalten Auges schaut,
unverblendet, tränenlos,
weder hofft noch Gott vertraut,
findet dort den Stein im Moos.

Solch ein Drudenquarz verleiht,
heißt es in den alten Sagen,
Einfluß auf die Wirklichkeit,
denen, die ihn bei sich tragen.

***

Als des Köhlerkindes Ahne
durch das Waldesdickicht dringt,
weil das Kind im Fieberwahne
mit dem Blattertode ringt,

greift sie rasch nach jenem Fund,
gleichviel, was mit ihr geschieht,
und steckt hastig in den Mund,
wovor selbst der Kühnste flieht.

Fast wird sie entzweigerissen,
von Unsagbarem erfüllt,
kaum ein Mensch erträgt zu wissen,
was der Drudenstein enthüllt.

Doch ihr Letztes herzugeben
ist die Ahne gern bereit,
wenn nur dieses Kinderleben
nicht schon endet vor der Zeit.

Pfade, schwärzer als die Nacht,
eilt sie heim ans Krankenbett -
darin sitzt das Kind und lacht,
als ob's nie gelitten hätt'.

Eifrig streift es seine Decken,
um sie zu begrüßen, ab
und erstarrt, wachsbleich vor Schrecken
wie vor einem off'nen Grab.

Von des Kindes Schrei vertrieben,
weicht die Ahne aus dem Licht.
Nie wird dies Kind sie mehr lieben,
das steht fest - doch reut sie's nicht.

Kein Wunder

Nein, das gibt's nun wirklich nicht!
Dennoch, die, vor der ich hocke,
hat ein sattlila Gesicht
und ist eine Osterglocke!

Bin ich etwa farbenblind?
Narrt mich hier ein Lichtreflex?
Phantasier ich und erfind
grad ein Märchenlandgewächs?

Ich geb zu, daß ich mich freu,
- da! - kaum einen Herzschlag lang
hör ich, flüchtig nur und scheu,
ihren lila Glockenklang.

Pssssst! Schon hebt der Wind, der laue,
meine Wunderblüte an,
so daß ich ins Inn're schaue
und alsbald erkennen kann:

Nichts als Blüten-Hokuspokus!
Just erweist die "Glocke" sich
als geknickter Riesenkrokus.
Klar. Doch schade eigentlich ...

Traumverloren

Ein Windhauch trägt vom Garten her
Nachtkühle in den Raum hinein,
wo Anton schläft - grad' seufzt er schwer
und unwillkürlich zuckt sein Bein.

Die Hand fährt übers Laken hin
und seine Lippen zittern sacht,
als fragte er "Wo ich wohl bin?",
verloren im Gewirk der Nacht ...

***

Rings um ihn her herrscht Finsternis,
bloß in der Ferne flimmert Licht.
Dort muß er hin. Das ist gewiß.
Woher er's weiß, das weiß er nicht.

Er eilt dem Lichterflimmern nach,
das ihn verlockt mit jedem Schritt,
bis er - jetzt flimmert's tausendfach -
auf einen nächt'gen Jahrmarkt tritt.

Ein Karussellzug rast heran,
in seinem Innern ist es hell,
doch menschenleer. Fast mutet's an,
als führ' er seinetwegen schnell

und zöge um ihn einen Kreis,
als wär' Anton ein Beutetier.
Ein Zug auf Jagd. Anton wird heiß.
Er denkt: Wie komm' ich fort von hier?!

Da naht, kaum wagt er, hinzuschaun,
schwankend, mit bunten Kleidern an,
aus schwarzem Nichts ein Riesenclown,
ein plastikglatter Grinsemann

mit Augen, kalt wie Mondgestein,
die Anton selbst im Dunkeln sehn.
Anton erstarrt, als frör' er ein,
und kann und kann nicht weitergehn.

Schnell kommt der Zug herangebraust,
Anton versucht noch einen Sprung,
da stößt ihn des Clowns Riesenfaust
hinein - wie Fleisch zur Fütterung.

Die Zugscheibe beschlägt sogleich,
nur undeutlich, im fahlen Licht
erkennt man drinnen - kränklich bleich -
Antons verängstigtes Gesicht.

***

"Wach' auf, dein Frühstück steht bereit!"
Die Mutter zieht an Antons Arm.
"Es ist ja fast schon Mittagszeit.
Nun komm, jetzt ist dein Toast noch warm!"

Unsicher schaut sich Anton um,
dann steht er auf, macht sich schnell frisch
und setzt sich, etwas blaß und stumm,
auf seinen Platz am Frühstückstisch.

Da lacht sein Vater aufgeräumt
sein breites Sonntagmorgenlachen:
"Na, Junge, hast du schlecht geträumt?
Dagegen läßt sich doch was machen!

Wir woll'n heut' auf den Jahrmarkt gehn
und mal ein wenig Geld verprassen,
uns schaukeln und kopfüberdrehn
und fürchterlich erschrecken lassen.

Gleich nachher ziehn wir beide los
für ein paar richtig tolle Stunden.
Der Jahrmarkt war noch nie so groß,
sogar ein Zug dreht seine Runden!"

Das Messer fällt aus Antons Hand,
schlägt in den Teller einen Sprung.
Die Mutter schimpft: "Du dummer Fant!"
Der Vater nennt's Begeisterung

und meint: "Vergiß das Frühstück mal.
Wir holen dir nachher 'ne Wurst
und mir ein Fischbrötchen mit Aal,
dazu was Kühles gegen Durst."

Am Nachmittag, so gegen drei,
klagt Anton: "Papa, mir ist schlecht".
Der Vater meint: "Das geht vorbei.
Komm, mach dich fertig. Jetzt erst recht!"

Der Jahrmarkt riecht nach Schmalzgebäck
und Bratwürstchen vom Grill,
doch Anton rührt sich kaum vom Fleck,
er bleibt bedrückt und still.

Just als er sagt: "Ich hab genug!
Komm, Papa, gehn wir schon!",
stubst ihn der Vater, "Schau, der Zug!
Da fährst du mit, mein Sohn!

Nun spiel doch nicht den armen Tropf!",
schiebt er ihn vor sich her
und beutelt ihm den blonden Schopf.
"Dein Fahrschein, bitte sehr!"

Bevor sich Anton wehren kann,
drängt ihn der Vater ins Abteil.
Ein Clown, ein feister Grinsemann,
versperrt den Rückweg wie ein Keil.

"Fahr du nur mit, ich bleibe hier!"
Der Vater winkt durchs Fensterglas.
"Ich gönne mir noch ein, zwei Bier,
so hat dann jeder seinen Spaß!"

Schon fährt der Karussellzug an
und Anton macht die Augen zu,
weil er in seiner Angst hofft, dann
läßt ihn der Clown vielleicht in Ruh.

***

100

Ein Windhauch weht von draußen her
nachtkühl ins Zugabteil hinein,
wo Anton sitzt - grad' seufzt er schwer
und unablässig wippt sein Bein.

Die Hand streicht übers Fenster hin
und seine Lippen zittern sacht,
als fragte er: Wo ich wohl bin?,
verloren im Gewirk der Nacht ...

Frühgemut

Wie mit Honig eingestrichen
glänzen Knospen im Geäst;
Junggras dringt in feinen Stichen
durch den mürben Herbstlaubrest.

Samt'ne Steinmoosflächen grünen
im noch kühlen Sonnenschein.
Ein paar Bachmücken erkühnen
sich, ein früher Schwarm zu sein.

Rings aus nässesatter Erde
steigt der herbwürzige Duft
eines unverbrauchten "Werde"
in die klare Morgenluft;

und für den, der sie durchschreitet
mit weit ausholendem Gang,
wird ein Teppich ausgebreitet,
fein gewebt aus Vogelsang.

Die Vertonung

Es war schon weit nach Mitternacht,
ich hatte auf den Bändern
des Rundfunks wieder Jagd gemacht
nach unbekannten Sendern

und wollte grade schlafen gehn,
da blieb ich unverwandt
vor meinem Weltempfänger stehn
und lauschte wie gebannt.

Kaum, daß ich es beschreiben kann,
drang etwas in mein Ohr
und faßte mich im Innern an
wie nie ein Klang zuvor.

Mir völlig neu und trotzdem alt,
raumgreifend, voll und dicht,
nahm in mir spürbare Gestalt,
was Sehnsucht nur verspricht -

als weckte diese Melodie
meinen ureig'nen Ton
und durch den Äther liefen sie
nun im Verbund synchron.

Welch ferner Sender das wohl sei,
bei dem man derlei hört,
fragte ich mich - da war's vorbei
und die Frequenz gestört.

Noch lange suchte ich danach,
doch konnte ich nichts finden,
nur Knarzgeräusche, Pfeiftonkrach
und Rauschen wie von Winden.

Wann immer ich zu Hause war,
prüfte ich die Frequenzen,
doch schien's einfach nicht durchführbar,
das Spektrum einzugrenzen.

Dann aber, wieder war es Nacht
und ich sondierte Wellen,
gelang mir's – was hatt' ich gemacht?? –,
Verbindung herzustellen.

Die Skala war mir jetzt egal,
die Senderposition.
Ich dachte nicht ans nächste Mal.
Ich folgte nur dem Ton.

Mich kümmerte nicht, wo ich war,
wer, weshalb und wie lang,
für mich gab's nur den sonderbar
grenzauflösenden Klang.

Wie aus der Fremde heimgekehrt,
so liefen mir die Tränen.
Mir war's die vielen Nächte wert,
zu suchen und zu sehnen.

Und dieser einen Melodie
hab' ich mich fest verschworen:
Das, was ich war, ist heute sie
und geht nie mehr verloren.

Lieber Besuch

Zwei alte Stühle warten,
von Tropfen dicht benetzt,
am Tisch im Apfelgarten,
ob sich wohl jemand setzt.

Die Regentropfen rieseln,
die Wege glänzen naß
und zwischen blanken Kieseln
sprießt schon ein Büschel Gras.

Ein Windhauch streicht vorüber,
verlor'ne Blüten wehn,
im Garten wird es trüber,
rings, wo die Stühle stehn.

Ob niemand bei der Kühle
Lust zum Verweilen hat -
vielleicht, hoffen die Stühle,
ein Apfelblütenblatt?

Über die Autorin

Brigitte Plath wurde 1960 in Hamburg geboren, studierte Psychologie und Sport und hat sich neben dem Schreiben intensiv mit verschiedenen Kampfkünsten

auseinandergesetzt. Der in beiden Disziplinen präsente Gedanke, mit wenig Aufwand größtmögliche Wirkung zu erzielen, hat die Autorin schon immer fasziniert. Daher gilt ihr schriftstellerisches Interesse neben dem Verfassen von Kurzgeschichten und satirischen Texten vor allem dem Gedicht.

Brigitte Plath lebt und arbeitet in einem kleinen Dorf in Dithmarschen, Schleswig-Holstein. Zahlreiche ihrer Arbeiten sind in der elektronischen Zeitung "Schattenblick" veröffentlicht.

Dankedankedanke

euch allen für eure Unterstützung,
ganz besonders meinem Mentor
und Dichtervater Helmut Barthel.

Zeitfracht Medien GmbH
Ferdinand-Jühlke-Straße 7
99095 Erfurt, Deutschland
produktsicherheit@kolibri360.de

FSC
www.fsc.org

MIX

Papier | Fördert
gute Waldnutzung

FSC® C083411